C000165725

Annemarie Nikolaus: Magische Geschichten

ANNEMARIE NIKOLAUS

Magische Geschichten

Kurzgeschichten

INHALT

Der Bach

Es war einmal ein kleines Mädchen, das lebte mit Vater und Mutter in einer alten Wassermühle am Rande des Dorfes. Sorgsam nutzte der Vater die wilde Kraft des Baches, um das Feuer in seiner Schmiede in Gang zu halten: Unaufhörlich drehte das Wasser dafür ein großes eisernes Rad.

Hinter der Mühle sammelte sich der Bach über steilen Felsen, um sich dann jählings in die Tiefe zu stürzen. Hoch sprühte die Gischt und ließ sich in schimmernden Perlen auf den Büschen nieder, welche sich über den brausenden Bach neigten. Dort saß oft das Mädchen und wurde nicht müde, dem Donnern des Wassers zu lauschen.

»Lena, was machst du da?«, fragte sie der Vater zuweilen.

»Ich höre ihm zu!«

Und der Vater lächelte und kehrte zu seinem Amboss zurück.

Im Winter setzte es sich mit der Hauskatze ans Fenster und konnte sich nicht sattsehen an der Wunderwelt der glitzernden Eiskristalle, die der Frost am Rande des Wasserfalls erschaffen hatte. Und wenn die Mutter es dann fragte, was es täte, so antwortete es: »Ich schaue ihm zu!«

Der Bach nämlich, der wie ihr Kätzchen munter von einem Stein zum nächsten hüpfte, die Abhänge hinuntersprang und sich durchs Gras wälzte, dünkte Lena ein lebendiges Wesen grad wie die Katze. Nach den Eltern waren ihr beide das Liebste auf der Welt. Und sie wünschte Tag um Tag, dass sich ihr der Wassergeist selber zeigen möge, so wie es einst der Großmutter geschehen war.

So gingen die Jahre dahin. Dann kam ein Frühling, da wollte es gar nicht regnen. Die Saat auf den Feldern verdorrte und die Bauern begannen zu klagen. Auch der Bach wurde immer magerer. Aber er speiste sich aus Quellen tief im Inneren der Berge, und so wusste der Schmied seine Tochter zu beruhigen, dass er doch nicht versiegen würde.

Als der Sommer ins Land zog, wurde die Not noch größer. Erbarmungslos brannte die Sonne vom Himmel und das Vieh auf den Weiden schrie vor Durst. Lenas Bach war schmal und schwach geworden, doch immer noch trieb er das Mühlrad an.

Stundenlang saß Lena am Ufer und starrte auf die Rinnsale. Manchmal weinte sie bitterlich, denn sie fürchtete doch, er wäre bald ganz verschwunden.

Zuweilen kam wohl der Vater, sie zu trösten. »Wasser ist ewig, mein Kind«, pflegte er zu sagen. »Und nichts auf der Welt ist mächtiger. Es besiegt das Feuer; kein Stein hält ihm stand. Und es ist stärker als wir Menschen.«

»Er spricht nicht mehr mit mir«, jammerte Lena dann.

»O doch«, entgegnete der Vater lächelnd. »Hör nur genau hin.« Und er nahm ein Steinchen auf und ließ es ins Wasser platschen. »Horch! Auch das ist seine Stimme.«

Eines Mittags kamen zwei alte Bauern zum Vater. »Höre, Schmied«, sprachen sie. »Wir brauchen Wasser für unser Vieh und unsere Felder. Wir werden talwärts dem Bach ein neues Bett graben und ihn auf unsere Äcker leiten.«

»Nein!«, schrie Lena auf, die alles mit angehört hatte. »Das könnt ihr nicht tun!«

»Still, Kind«, wies der Vater sie zurecht. »Davon verstehst du noch nichts.«

Lena riss die Augen auf, erschrocken ob der unerwarteten Rüge. Doch dann fasste sie sich ein Herz. »Vater, sie können die Tiere doch herführen zum Tränken. Aber sie dürfen den Bach nicht einsperren. Er wird sich darüber ärgern.«

»Einfältiges Gör«, knurrte einer der Bauern. »Unsere Felder können wir nicht hierher bringen.«

Lena starrte ihn trotzig an. »Und ihr könnt ihn doch nicht zwingen. Er ist stärker als wir Menschen!« Weinend lief sie davon.

Mit Hacken und Schaufeln ausgerüstet rückten am nächsten Morgen die Männer des Dorfes an. Sie begannen, quer durch die Felder schmale Kanäle bis zum Bach zu graben. Dann kamen zwei Maurer, um unterhalb der Schmiede eine hohe steinerne Mauer quer durchs Bachbett zu bauen. So wurde das Wasser gezwungen, den Weg in die Gräben zu nehmen. Schmale Rinnsale waren es doch nur und in den ersten Tagen versickerten sie nach wenigen Metern in der ausgetrockneten Erde. Aber bald rannen sie weiter und weiter, und an den Rändern der Kanäle begann es zu grünen.

Lena hatte von morgens bis abends neben dem Mühlrad gesessen, das Gesicht auf die geballten Fäustchen gestützt, und murmelnd das Treiben der Dorfbewohner beobachtet.

»Lena, was machst du da?«, fragte der Vater sie einmal.

»Ich tröste ihn«, war die Antwort. »Der Bach sagt, er ist unglücklich.«

»Aber Kind«, seufzte der Vater.

Dann kam der Herbst, und er brachte den langersehnten Regen. Als die ersten Tropfen fielen, lief Lena jauchzend hinaus. Andächtig berührte sie die Feuchte auf den Blättern; schüttelte die Zweige, die sich über den Bach neigten, als ob deren Nässe ihn schneller füllen könnte.

Als der Vater schließlich zu ihr trat, fiel sie ihm um den Hals. »Jetzt kann der Bach zurück, nicht wahr? Jetzt wird die Mauer nicht mehr gebraucht!«

Da nahm der Vater Lena an der Hand und sah sie ernst an. »Kind, dem Bach ist es doch egal, wohin er fließt. Aber den Menschen und den Tieren wird es auch ein anderes Jahr nützen, wenn die Wiesen und Felder bewässert werden.«

»Nein, dem Bach ist es gar nicht egal«, murrte sie und ging traurig davon.

Es regnete weiter und der Bach wurde mächtig wie zuvor. Aber talwärts staute er sich nun vor der Mauer, die die Menschen gebaut hatten, und wurde durch die Felder gezwungen. Bei Regen saß Lena am Fenster und beobachtete, wie er sich in den Wiesen verlor. Sobald einmal die Sonne durch die Wolken brach, saß sie am Ufer und lauschte dem wachsenden Grollen des Wasserfalls.

Es regnete weiter und der Bach wurde so gewaltig, wie Lena ihn nie zuvor gesehen hatte. Sie hörte ihm zu und fand, er sei zornig geworden. Einmal war ihr gar, als sehe sie den langen fließenden Umhang des Wassergeistes, den die Großmutter ihr geschildert hatte. »Ich hab gewusst, dass es dich gibt«, flüsterte sie.

»Vater«, flehte sie darauf erneut, »die Staumauer muss fort. Wenn das Wasser stärker ist als wir Menschen, wird es sich doch befreien.«

Aber der Vaters schüttelte den Kopf.

Am gleichen Abend zog Sturm auf; ein Gewitter tobte mit neuen Regenfluten über dem Dorf.

Lena glaubte, die Welt ginge unter, als sie mitten in der Nacht von einem schrecklichen Gepolter erwachte. Draußen rumpelte und dröhnte, krachte und rauschte es so laut, dass es gar den Gewitterdonner übertönte. Zitternd sprang sie aus dem Bett ans Fenster. Im Zucken der Blitze sah sie eine gewaltige Gischtwolke, die die Mauer überwand. Daneben, wo die Felder gewesen waren, hatte sich eine dunkle Wasserfläche ausgebreitet.

Sie stürzte in den Flur und barg sich in den Armen der Mutter, die schreckensbleich dort stand.

Der Vater machte ein grimmiges Gesicht. »Nun zerstört der Bach alles, was ihm im Wege ist.« Er zündete seine Sturmlaterne an und ging hinaus.

»Die armen Menschen«, schluchzte die Mutter, »die armen Tiere ...«

Als sich am Morgen eine fahle Sonne durch die Wolken zwängte, kehrte der Vater schlammbedeckt und erschöpft nach Hause zurück.

»Es hätte schlimmer kommen können«, sagte er.

»Ein paar Kühe und Schafe sind ertrunken, zwei Häuser sind von den Fluten fortgerissen worden. Aber die Bewohner haben überlebt.«

Lena sah den Vater unverwandt an, aber traute sich nicht ein Wort.

Schließlich hatte er seinen Bericht beendet und nickte ihr zu. »Du hattest recht, mein Kind. Der Bach lässt sich von uns nicht beherrschen.«

Lena lächelte endlich. »Du selbst hast mich doch gelehrt, dass das Wasser alles andere besiegt.«

»Das hab' ich gesagt«, bestätigte der Vater. »Und hab' doch meinen eigenen Worten nicht geglaubt.«

Da trat Lena frohen Herzens hinaus hinter die Mühle. Gewaltig erhob sich vor ihr die Gischt und versperrte ihr den Blick ins verwüstete Tal. Plötzlich formte sich inmitten des Wasserfalls eine helle Gestalt.

Lena schluchzte laut auf vor Freude. Dann winkte sie ihr zu und rief: »Kehr in dein Bett zurück. Sie haben deine Warnung verstanden.«

Die Zauberin

Laranna zwinkerte erschreckt: Eine Insel? - Was hatte sie nun wieder falsch gemacht, dass sie auf diesem winzigen Eiland gelandet war?

Ein paar verkrüppelte Sträucher, irgendeine Sorte Gras, Sand; mehr schien es hier nicht zu geben. Sie könnte schwören, sie hatte sich nichts dergleichen gewünscht, als sie ihren Zauberspruch gesagt hatte. Ihr Blick streifte in alle Richtungen über das Wasser: Nirgendwo eine Spur von Land. Wo, beim Hute Tantors, war sie hier bloß?

Das hatte sie nun davon, dass sie spätabends noch geübt hatte. Bis zum Frühstück würde sie niemand vermissen.

Hier allerdings war es nach dem Stand der Sonne fast Mittag. Auch ihr knurrender Magen schien das zu glauben und das üppige Abendessen schon vergessen zu haben.

Wenigstens schien außer Hunger und Durst kein weiteres Unheil zu drohen. Also zuerst einmal das Mittagessen; dann würde sie sich darüber Gedanken machen, wie sie von hier fortkäme.

Laranna dachte nicht lange nach, um sich ihre Mahlzeit vorzustellen, und rief den ersten Zauberspruch. Direkt vor ihr erhob sich daraufhin eine gewaltige Woge, die sie völlig durchnässte.

»Puh!« Solche Wucht hatte sie nicht erwartet.

Als sich die Welle verzogen hatte, zappelte ein riesiger Fisch zu ihren Füßen und glubschte sie an. »Was willst du von mir?«

»Von dir? Nichts!« Laranna glotzte zurück. Sie hatte keinen Fisch bestellt - sie hasste Fisch.

Ihre Zauberkraft wirkte nur tausend Stiefellängen weit. In der Richtung, aus der sie sich das Essen gewünscht hatte, war offensichtlich nichts als das Meer. So hatten die magischen Kräfte etwas gebracht, das ihrem Wunsch nach einem guten Stück Fleisch am nächsten kam. Also ein neuer Versuch in der entgegengesetzten Richtung.

»Dann trag mich zurück ins Wasser!«, rief der Fisch und schreckte sie aus ihren Überlegungen auf.

»Verflixt; du hast recht. Ich kann dich ja hier nicht zappeln lassen.«

Aber anfassen? Laranna schüttelte sich vor Ekel. Sie schloss die Augen und stellte sich eine leere Sandfläche vor. - Aha! Der Fisch war weg; wenigstens das hatte geklappt.

Erneut widmete sie ihre Gedanken dem ersehnten Mittagessen.

»Määäh!« Ein Zicklein hatte sich aus dem Nichts materialisiert. Es stakste heran und rieb sein Köpfchen an ihrer Hüfte.

Laranna blies die Backen auf und hielt die Luft an. Was sollte sie mit einer lebenden Ziege? Sie konnte das süße Tier, das sie so zutraulich anschaute, doch nicht umbringen!

Immerhin wusste sie jetzt, dass es nach Süden keine tausend Stiefellängen bis zum Festland sein konnten. Aber das machte sie auch nicht satt und es war unerreichbar weit.

Halt! Das stimmte ja gar nicht. Wenn ihre Magie sie in die eine Richtung so weit transportiert hatte, musste sie genauso weit in die andere Richtung wirken. Laranna schöpfte Hoffnung. Vielleicht könnte sie sich mit eigener Kraft aus ihrer misslichen Lage befreien und niemand würde etwas von ihrem unfreiwilligen Ausflug bemerken.

Was sollte sie sich weiter damit plagen, sich das Mittagessen so genau vorzustellen, dass es in der richtigen Form ankam! Nicht einmal tausend Längen entfernt gab es vielleicht einen Koch, der nur darauf wartete aufzutischen, was ihr Herz begehrte. Frohgemut ließ sie die Ziege wieder verschwinden.

Aber wenn es gar nicht ihr eigener Zauberspruch gewesen wäre, der sie auf diese Insel befördert hatte? Wenn sich dabei eine feindliche Macht eingemischt hätte? Dann würde sie mitten im Ozean ankommen und kläglich ertrinken.

Laranna hatte noch nie jemanden »ertrinken« sehen; aber sie hatte davon gehört. Es musste etwas sehr Unangenehmes sein. Sie zögerte und dachte weiter nach.

Vielleicht ginge es, wenn sie ein Boot hätte? Die Leute sagten, dass ein Boot auf dem Wasser führe wie eine Kutsche an Land, bloß ohne Pferde. Leider war ihr noch nie ein Boot begegnet. Wie sollte sie eines herbeizaubern, wenn sie nicht wusste, wie es aussah? Selbst Dinge, die sie kannte, misslangen ihr ja immer noch.

»Hab' dich nicht so«, schalt sie sich. »Du weißt, dass es ohne Pferde ist. Räder wird es keine brauchen, denn es soll ja auf dem Wasser fahren und nicht auf dem Meeresgrund rollen. Und es hat den gleichen Zweck wie eine Kutsche. Also stell dir einfach eine Kutsche ohne Räder vor!«

Laranna machte die Augen ganz fest zu und stellte

sich die schönste Kutsche vor, die sie kannte. In Gedanken umrundete sie das Gefährt mehrmals, um nur keine Einzelheit zu übersehen. Dann wünschte sie es herbei.

Sie hielt sich die Hände vors Gesicht und riskierte nur einen Blick durch die Finger. Erleichtert atmete sie auf: Das war Vaters Kutsche ohne Räder! Also gab es im Süden nicht nur festes Land, sondern dort war sogar ihr Zuhause.

Sie hatte nur vergessen, die sechs Pferde ausdrücklich wegzudenken. Das erste Gespannpaar stand bis zum Bauch im Wasser und schnaubte unruhig. Die Insel war zu klein für alle – schnell fort mit ihnen.

Laranna stieg in die Kutsche. Um nichts falsch zu machen, wünschte sie sich und die Kutsche behutsam in 100-Längen-Etappen vorwärts. Nach sieben Zaubersprüchen hatte sie die Küste erreicht. Hier herrschte tiefe Nacht. Jetzt waren es nur noch zweihundert Stiefellängen bis zur heimatlichen Burg. Zufrieden rief sie den Zauberspruch für das letzte Stück des Weges.

Platsch! Sie war mitsamt der Kutsche im Burggraben gelandet. Von dem Geräusch alarmiert, stand ein Wächter mit seiner Armbrust vor ihr, als sie aus der Kutsche kletterte.

Sie sah ihn drohend an. »Wenn du meinen Eltern auch nur ein Wort sagst, verwandele ich dich in eine ... eine Spinne!«

Der Wächter legte die Armbrust beiseite und setzte Laranna auf seine Schultern, um sie trockenen Fußes aus dem Graben zu tragen. »Warum? Hast du wieder etwas falsch gemacht?«

»Nein, gar nicht«, behauptete sie keck. »Aber Mama behauptet immer, ich überlege mir nicht richtig, was ich mir wünsche. Darum will sie nicht, dass ich ganz alleine übe.«

Kork

Tara lief mit dem Wind um die Wette. Sie flitzte den Hang hinauf und kletterte dann den ausgetrockneten Bachlauf empor. Erst als sie den Rand des Korkwalds erreicht hatte, blieb sie stehen und drehte sich um.

Nichts! Keine Bewegung, so weit ihr Blick reichte. Doch Zor würde kommen. Es konnte nur wenige Schattenlängen dauern, bis er mit seinen Holzfällern die Klamm durchquert hätte.

Sie reckte den Kopf. Der Dunst über dem Fluss verdichtete sich zu einer düsteren Nebelwand: Wenigstens diesen Zauber beherrschte sie noch. Tara setzte sich ins Gras und winkte dem Nebel mit den Vorderpfoten: In dichten Schwaden kroch er flussaufwärts zur Klamm hinüber; füllte sie bald völlig aus und verdeckte den schmalen Saumpfad. Ein Neigen der langen Ohren und auch das Tal war in undurchdringlichen Nebel gehüllt. Das sollte Zor eine Weile aufhalten.

Erleichtert wandte sie sich ab. Sie betete, er würde in irgendeine Schlucht stürzen. Aber sie wusste, er war zu vorsichtig. In diesem Nebel würde er nur so langsam weiterreiten, wie es der Instinkt seines Pferdes erlaubte.

Tara sprang in den Wald, zwischen wispernden Korkeichen hindurch. Sie liebte es, den Geschichten zu lauschen, die der Nachtwind ihnen zutrug. Aber jetzt durfte sie keine Zeit verlieren, sollte die Flucht vor den Holzfällern gelingen. Vielerorts schon hatte sie mit ansehen müssen, wie Waldbewohner von umstürzenden Bäumen erschlagen worden waren. Oder sich plötzlich gefangen sahen, weil schwere Stämme die Höhlenausgänge versperrten.

Als Tara durch ein Gestrüpp aus Myrten und Zistrosen sprang, stolperte sie plötzlich.

»Has', was schaust du in die Wolken?«, schnauzte Pikko sie an. Drohend hob er eine winzige Axt.

»Zwerg, was stehst du mir im Weg?«, fauchte Tara ihrerseits. »Ich bin in Eile. Holzfäller sind im Anmarsch.«

»Was schert mich das! Ich brauche keine Bäume.«

»Ach tatsächlich? Und wozu dann die Axt?«

»Für das Feuer in meiner Schmiede reichen ein paar Zweiglein. Die lassen sich immer finden.«

Tara wandte sich naserümpfend ab und flitzte weiter. ‚Autark‘ nannten die Zwerge ihre Lebensweise; dabei war es nichts weiter als Ich-Sucht. Und Pikko übertraf alle.

Erst am Rande der großen Lichtung, tief im Wald verborgen, hielt Tara wieder an.

***

Inzwischen hatten die Holzfäller den Fluss durchquert und galoppierten durch das Dorf am Talende. Sie hielten vor einem alten Haus. Das Dach war frisch gedeckt und die Fassade von Kletterrosen überrankt. An seiner Seite verbaute ein langer flacher Schuppen den Blick auf die angrenzenden Felder. Zwei Männer kehrten den hinteren Teil des Hofes und inmitten eines Bergs bunter

Bänder spielte ein kleines Mädchen. Neben dem Tor kniete ein junger Mann vor einer Reihe Holzfässer.

Zor parierte sein Pferd vor ihm. »He Bauer, wir wollen hier rasten. Bring uns Brot und Wasser!«

»Ich bin kein Bauer. Ich bin Eno, der Winzer!«

»Um so besser. Dann bring uns Wein!«

»Wohin führt euer Weg?« Eno musterte die Männer mit unverhohlener Neugier.

»Er ist hier zu Ende. Wir werden den Eichenwald fällen.«

Eno schüttelte den Kopf über soviel Einfalt. »Der Wald gehört den Alten Wesen. Niemand vermag ihn ohne ihre Erlaubnis zu betreten.«

Zor hob die Augenbrauen und grinste dann verächtlich. »Wer auch immer dort haust, wir werden ihn verjagen. Der Schutz der Priester feit uns gegen jeden Zauber. Dann könnt auch ihr endlich ungestört eurem Tagwerk nachgehen.«

»Uns stört hier niemand!«

***

Pikko leckte die letzten Frühstückskrümel aus seinen Barthaaren. Er betrachtete das aufgeschichtete Holz neben dem Kamin, bevor er das Feuer in seiner unterirdischen Schmiede entfachte. Noch ein paar Rebzweige zusätzlich zu den Eichenästen gäben ein gutes Feuer. Er nickte, schulterte seine Axt, griff sich eine Fackel und marschierte zum talwärtigen Ende seines Höhlenreichs.

Irgend etwas versperrte ihm völlig den Ausstieg. Pikko hieb mit der Faust dagegen; es fühlte sich an wie ... Er hielt seine Fackel höher: Was für ein enormes Stück Holz! Er stemmte sich dagegen; vergeblich.

»Dass doch der Blitz dreinführe!« Pikko hackte mit seiner Axt darauf ein. Eine Handvoll Späne löste sich. So ging es auch nicht; er brauchte Hilfe. Ausgerechnet er! Der große Pikko, Stolz des ganzen Zwergengeschlechts.

Sein morgendlicher Zusammenstoß mit Tara fiel ihm wieder ein: Die Holzfäller! Er wollte ihnen eine Lektion erteilen, die sie ihr Leben lang nicht vergessen würden.

***

Am Teich inmitten der großen Lichtung trafen sich jeden Morgen die großen und kleinen Bewohner des Waldes.

»Holzfäller!«, rief Tara ihnen schon von weitem zu. »Wir müssen fliehen.«

Fedra, die Elfenprinzessin, schob ihre grauen Flechten in den Nacken, während sie ihr entgegenging. »Du bist ein Angsthäschen! Niemals wird ein Mensch sich unterfangen, unseren Wald anzutasten. Seit undenklichen Zeiten hat keiner mehr gewagt, auch nur einen Fuß hineinzusetzen.«

Tara schlenkerte die Ohren. »Sie wollen ja nicht hinein in den Wald. Sie werden ihn Baum für Baum vernichten wie anderswo auch. Der König braucht unermessliche Mengen Holz für seine Schiffe.«

»Und Kalo, der höchste seiner Priester, nutzt die wohlfeile Gelegenheit, überall die letzten meines einst mächtigen Volkes ihrer Heimat zu berauben. Niemand mehr soll sich gegen die Herrschaft jener Götter erheben, auf deren Namen Kalo seine Macht gründet.«

»Siehst du? Ich weiß doch, wovon ich rede: Ich bin in den letzten zwei Jahren mit meiner Sippe fünf Mal vor Zor und seinen Leuten geflohen.«

»Nichtsdestotrotz; fürchte dich nicht!« Die Elfenprinzessin band ihre Schleifen neu. »Hier im Hain ist meine Magie ungebrochen und noch kraftvoll genug, euch vor allem Bösen zu bewahren.«

Ein paar Wildschweine schnoberten neugierig heran. Da erklang ein fremdes Geräusch. Ihm folgte das Ächzen eines Baumes, wie ein Schluchzen, das den ganzen Wald erfüllte.

Tara erstarrte; die Hasenkinder stoben auseinander und verschwanden im Gebüsch. »Kommt ihr wohl raus da!« Tara hielt zwei Hasenmütter fest, die hinterherspringen wollten. »Und dann nichts wie weg hier!«

»Und wir?«, grunzte Cingala, eine graufellige alte Bache. »Wovon sollen wir leben ohne die Korkeicheln? Wir werden verhungern, bevor der Winter zu Ende ist.«

Fedra stellte sich der Häsin in den Weg. »Tara, bitte bleib hier! Wir können die Wildschweine doch nicht einem ungewissen Schicksal aussetzen!«

»Das Tal ist gefährlich!« Ein alter Hase duckte sich ängstlich. »Die Hunde werden uns jagen.«

»Wir müssen des Nachts über den Fluss.«

»Und wohin dann?«

»Ich weiß es auch nicht. Weit und breit gibt es nur noch Felder und abgeholzte Berghänge. Aber hier können wir nicht bleiben«, murrte Tara.

Bedrückt lauschten sie den Axtschlägen, die pausenlos durch den Wald schallten.

»Tara, du hattest recht!« Fedra sank ins Gras. »Diese Holzfäller fürchten sich nicht vor dem Wald. Der Bann, der ihn so viele Zeitalter schützte, hat seine Wirkung verloren.«

»Dann unternimm etwas, wenn wir bleiben sollen!«

»Allein vermag ich den Zauber nicht aufrechtzuerhalten. Die Kräfte der Magie erschöpfen sich immer mehr; und die Menschen haben sich von uns abgewandt, denn die Priester beherrschen ihre Herzen.«

Im nächsten Augenblick schlitterte eines der herumhüpfenden Hasenkinder durchs Moos, überschlug sich mehrmals und kollerte schließlich in einen Felsspalt. Tara sprang auf, aber die Öffnung war zu klein für sie. Sie lugte hinein: Dort unten stand Pikko neben dem Kleinen.

»Tara – wunderbar!« Pikko sah auf, als ihr Schatten über ihn fiel, und winkte mit seiner Axt. »Bist du mit deiner ganzen Sippe hier oben? Ihr müsst mir unbedingt helfen!«

»Hilf erst einmal dem Kleinen aus deiner Höhle«, entgegnete Tara. »Dann sehen wir weiter.« Sie knickte missbilligend ein Ohr zur Seite. Dieser Zwerg! Ständig versuchte er, alle Welt für sich einzuspannen.

Pikko hob ihr das Häschen entgegen und kroch anschließend selber ins Freie. Er hockte sich zu den Alten der Sippe. »Ihr müsst mir helfen«, wiederholte er. »Die Holzfäller haben mir einfach den Ausgang zugesperrt. Wie soll ich da vernünftig arbeiten? In meinem Alter kann ich doch nicht jedes Mal den Berg erst rauf und dann wieder runter, wenn ich ins Tal muss. Das sind Störenfriede; ich will sie hier nicht haben!«

»Solange noch ein Baum steht, werden sie nicht gehen«, orakelte Tara.

»Das werden wir ja sehen«, knurrte Pikko. »Aber zuerst helft mir, den Ast vor meinem Tor wegzuschaffen.«

Die Hasen zogen mit Pikko den Berg hinunter. Immer lauter wurde das Schluchzen und Ächzen der Bäume, je weiter sie kamen. Viele Äxte waren gleichzeitig am Werk. Vorsichtig näherten sich Tara und Pikko dem Waldrand. Die Korkeichen senkten ihre Zweige tief hinab und hüllten die beiden in ihre Blätter, um ihnen Deckung zu geben.

Zwischen ihnen und Pikkos Höhle waren die Holzfäller an der Arbeit. Wohl an die zwanzig mächtige Bäume hatten sie schon gefällt.

»Das ist eine ganze Armee«, flüsterte Tara. »Unmöglich, sie aufzuhalten.«

»Und wir werden ihnen den Spaß doch verderben«, feixte Pikko. »Ich habe einen Plan.«

***

Am Nachmittag zählte Zor die gefällten Bäume. Gut gelaunt pfiff er vor sich hin. Das sonnige Herbstwetter war ideal für diese schwere Arbeit; die Männer lachten und scherzten und sie kamen schnell voran.

Ein Schrei ließ alle innehalten. Der Mann, der eben noch im Wipfel einer riesigen Korkeiche Äste abgesägt hatte, stürzte in die Tiefe, während sich der Baum zu schütteln schien und dann auf eine Gruppe erstarrter Holzfäller kippte. Die drei Männer neben ihnen ließen Axt und Säge fallen, rannten auf den Abgestürzten zu – und brachen mit einem Aufschrei im Waldboden ein.

»Die Geister«, rief ein Vierter entsetzt, warf seine Axt fort und rannte talwärts. Er kam nicht weit: Auch vor ihm sackte das Erdreich ein und er verschwand in der Tiefe.

»Was soll das?«, brüllte Zor. »Zurück an die Arbeit!«

Doch die Männer rührten sich nicht. »Warum haben wir plötzlich keinen festen Boden mehr unter den Füßen?«

»Das geht nicht mit rechten Dingen zu!«

Zor sah die Furcht in den Augen seiner Leute. Er entschied, für diesen Tag die Arbeit zu beenden. Niemand sollte an der Macht Kalos zweifeln können.

***

Nicht weit entfernt im Gebüsch verborgen, hatte Pikko die Szene verfolgt. Triumphierend eilte er zu den Hasen zurück. »Es hat geklappt! Die Holzfäller verschwinden. Jetzt helft mir, den Ast vor meiner Höhle zu beseitigen.«

»Später«, entgegnete Tara. »Sie werden morgen sicher wiederkommen. Wir graben weiter, bis es dunkel wird.«

Pikko murrte, denn er war ganz und gar nicht einverstanden. »Ich muss endlich meine Arbeit machen. Den ganzen Tag hab ich schon verloren, um euren Wald zu retten.«

»Na schön!« Tara schickte drei große Hasen zu seiner Höhle.

Sie selbst schlich sich an den Waldrand, um den weiteren Abstieg der Holzfäller zu verfolgen: Die Männer stiegen – einer hinter dem anderen – mit äußerster Vorsicht bergab; prüften vor jedem Schritt mit ihren Äxten die Festigkeit des Bodens. Hin und wieder drehte sich einer um und blickte zum Wald zurück, als erwarte er von dort neue Gefahren.

»Das nützt euch nichts«, höhnte Tara. »Wir sind noch nicht fertig mit euch!« – Sie suchte den Himmel ab. In weiter Ferne schwebte eine einzelne weiße Wolke. Tara hob ein Pfötchen und winkte sie näher. Gehorsam glitt die Wolke heran. Die Häsin murmelte ein paar Worte und die Wolke begann sich aufzublähen, bis sie den Himmel bedeckte.

Im nächsten Augenblick zog eine schwarze Regenwand durch das Tal und entlud sich dann mit voller Wucht über den Holzfällern. Dicke Graupel prasselten auf sie ein. Eine Sturmböe fegte die abgeschlagenen Äste vom Waldrand hinunter; wie Prügel stürzten sie auf die Männer ein. Die rasten schreiend los und kümmerten sich nicht länger darum, auf welche Weise sie ins Dorf gelangen mochten.

Es war finster geworden; nur die Blitze, die den Himmel zerteilten, ließen die Holzfäller die schmalen Wege zwischen den Pergolen finden. In Bächen schoss das Wasser die Pfade hinab und verwandelte sie in Schlamm. Die Holzfäller schlitterten durch die Weinfelder, landeten bis zu den Knöcheln in Morast und fielen fluchend übereinander. Von einer Minute zur nächsten wurde es kalt. Ein eisiger Wind zerrte an den durchweichten Kleidern der Männer, und in den Regen mischten sich schwere Schneeflocken.

Dann war das Gewitter so plötzlich vorbei, wie es begonnen hatte.

Fedra tauchte neben der Häsin auf. »Das hast du gut gemacht! Ihr werdet nun bleiben, nicht wahr?«

»Sie kommen morgen zurück«, wehrte Tara ab. »Fedra, unternimm etwas!«

***

Als Zor mit seinen Leuten schließlich im Tal ankam, waren sie nass bis auf die Knochen und zitterten vor Kälte. Mancher hatte einen Stiefel im Morast steckenlassen und hinkte nun die Straße entlang.

Sie wurden von einer Gruppe zorniger Dorfbe-
wohnerinnen empfangen. »Macht, dass ihr fortkommt;
der Wald schlägt zurück«, schrie eine der Frauen den
Holzfällern entgegen.

»Quatsch nicht, alte Hexe«, fuhr Zor sie an. »Ein
Wald macht kein Gewitter.«

»O doch!«, erboste sich eine uralte Bäuerin. »Zu
dieser Jahreszeit gibt es nie Gewitter! Der Hagel hat unsere Weinfelder verwüstet. Wir werden den besten Teil der
Ernte verlieren. Ihr habt die Alten Wesen erzürnt, die
den Wald behüten.«

»Schau dir das an!« Ein kleines Mädchen stellte
sich mutig vor Zor und hielt ihm eine Hand voll bunter
Fetzen entgegen. »Der Sturm hat den ganzen Fest-
schmuck heruntergerissen. Daran seid ihr schuld. Wie
sollen wir jetzt Prinz Drano empfangen? Er wird den-
ken, wir wollen nicht mit ihm feiern.«

Zor ließ die Bäuerinnen stehen und suchte Eno.
»Bring uns Wein! Zuallererst einen guten Wein. Und
zünde den Kamin an, damit wir trocken werden.«

»Wer auch immer im Wald hausen mag, wir haben seit Menschengedenken in Frieden mit diesen Wesen gelebt«, murrte Eno, während er den Holzfällern
den Wein und das Abendessen auf den Tisch stellte.

»Pfui!« Einer der Holzfäller warf die Flasche, aus
der er gerade getrunken hatte, an die Wand. »Was wagst
du uns da anzubieten? Das ist ja grässlich!«

»Ich hol' dir eine andere! Der Wein wird eben
manchmal zu Essig, wenn er in Flaschen abgefüllt ist.«

»Was nützt es euch dann, dass ihr eure Weine erst
so großartig hätschelt?« Die Holzfäller grölten: »Keinen
Verstand, diese Bauern!«

»Das Geheimnis der dichten Stopfen, die unsere Ahnen herzustellen wussten, ist seit langem verloren. Von diesen Korken gibt es nur noch die Hand voll, mit denen wir die alleredelsten der Weine versiegeln können, die Prinz Drano persönlich während des Weinfestes auswählt.«

***

Im Morgengrauen wurden die Waldbewohner erneut vom Singen der Äxte und dem Seufzen der Bäume aufgescheucht.

»Wir greifen an«, grunzte Cingala.

»Sie haben viel, viel größere Äxte als ich«, warnte Pikko. »Damit werden sie euch alle erschlagen!«

Cingala schnoberte verächtlich. »Besser ein ehrenvoller Tod im Kampf als elend zu verhungern.«

»Na schön«, maulte Pikko. »Mal sehen, was ich für euch tun kann.«

»Gemeinsam werden wir den Wald retten!« Fedra steckte entschlossen ihre Zöpfe hoch. Sie hieß Pikko mit einem Trupp Eichhörnchen in den Baumwipfeln am Waldrand Stellung zu beziehen. Die Keiler und die älteren Bachen wies sie an, den Weg über die »Große Moräne« zu nehmen.

Die Wildschweine formierten sich zu einer Herde und trabten los. Als sie über die Geröllhalde galoppierten, erzitterte der ganze Hang und eine riesige Lawine donnerte auf die Holzfäller herab: Fünf von ihnen wurden völlig unter dem Gestein begraben; ein Dutzend andere nagelten die heranfliegenden Brocken am Boden fest. Nur wenigen gelang es, hinter dicken Stämmen vor diesen Geschossen Schutz zu finden. Zor selber brach sich das linke Handgelenk, während er versuchte, seinen Kopf vor den Felsstücken zu schützen.

27

Das Geröll staute sich vor den gefällten Bäumen und schuf dort eine Barriere. Aber die größeren Felsen landeten in den Weinfeldern und zertrümmerten dort einen Teil der Pergolen.

Als der Steinschlag verebbte, herrschte Zor seine Leute an, nicht davonzulaufen, sondern den Verschütteten zu helfen.

Da deckten Pikko und die Eichhörnchen das Schlachtfeld mit einem Eichelhagel ein. Die Holzfäller hoben die Hände über ihre Köpfe und gaben sich damit dem Angriff der heranrasenden Wildschweine preis. Die stürzten sich mit Hauern und Hufen auf die Männer, von denen kaum einer seine Axt noch in Händen hielt. Cingalas Horde trieb sie mit Tritten und Bissen vor sich her bis an die Barriere.

Keiner achtete mehr auf Zors Rufe. Kriechend und stolpernd erklommen die Männer das Geröllfeld. Zor erstarrte, als er eine schwarze, sirrende Wolke aus dem Wald heranbrausen sah: Die Elfin hatte den Holzfällern zwei Hornissenvölker hinterhergeschickt.

In dem freien Gelände gab es für seine Leute keine Deckung und sie hatten nichts, womit sie sich vor den angriffslustigen Biestern verteidigen konnten. Wer auf allen Vieren kroch, um schneller über die Barriere zu gelangen, gab sein Gesicht den Stichen preis. Wer es vorzog, den Kopf mit einem Stück Kleidung zu verhüllen, sah nicht mehr viel und trat immer wieder fehl. Zor hörte die Männer fluchen und schreien; er schlang sich sein Hemd vors Gesicht und folgte ihnen.

Tara und Fedra hatten die Schlacht von Pikkos Höhlentor aus begleitet. »Sie werden trotzdem wiederkommen. Fedra, du musst eine andere Lösung finden!«, flehte Tara.

***

Eno betrachtete die Holzfäller einen nach dem anderen: Blutend, mit geschwollenen Gesichtern und in zerfetzten Kleidern hinkten sie auf seinen Hof. Zwei konnten nicht mehr alleine laufen. In manchem Gesicht zogen sich Tränenspuren durch den Schmutz. Zor zog eine Axt mit zerbrochenem Stiel hinter sich her; er war der Einzige, der sein Werkzeug zurückbrachte. Eno zählte: Es fehlten acht Männer.

»Ich habe euch gewarnt. Der Wald weiß sich zu schützen.«

»Du bist ein abergläubischer Dummkopf!« Zor spuckte vor ihm aus. »Ich werde diesen Wald abholzen und wenn es das Letzte ist, was ich in meinem Leben tue.«

»Bevor ihr damit fertig seid, sind unsere Weingärten vernichtet. Hast du überhaupt eine Ahnung, wie viele Jahre es dauert, bis neue Reben genug tragen, dass wir unsere Familien davon ernähren können?«

»Daran sind die Waldwesen schuld, nicht wir.«

»Nein!« Eno schüttelte den Kopf. »Solange wir den Wald meiden, geschieht uns kein Leid. Im schlimmsten Fall stiehlt man uns mal eine Flasche Wein.« Er ließ die Holzfäller stehen, um die Schäden auf seinem Feld am Hang zu beseitigen.

Am Eingang des Weingartens sah er einen kleinen Hasen auf einem Felsbrocken sitzen. Eno wunderte sich, dass er nicht vor ihm davonlief.

Er verfluchte lauthals die Holzfäller und begann, die beschädigten Pergolen zu reparieren. Soweit wie möglich löste er die Rebzweige von den zerbrochenen Querstangen und ersetzte diese. In der letzten Reihe vorm Waldrand standen nur noch einzelne Pergolen aufrecht; dort würde er wohl zuerst den größten Teil der Weinstöcke zurückschneiden müssen.

Der Hase schien ihn zu beobachten. Dann war er plötzlich verschwunden.

Als es dämmerte, hatte Eno nur einen Teil der Schäden beseitigt. Ein Blick durchs Tal zeigte ihm, dass auch die anderen Winzer noch auf ihren Feldern arbeiteten und die Frauen das Dorf für das kommende Fest alleine putzten.

Ein Wispern ließ ihn erstarren: Waldwesen? Mit angehaltenem Atem wandte er sich um.

Der Hase saß wieder an seinem Platz auf dem Felsen. Daneben hockte ein schlanke Gestalt in einem dunklen Gewand. Hatte er doch geahnt, dass es kein gewöhnliches Tier gewesen war.

Um nach Hause zurückzukehren, musste er an ihnen vorbei. Er holte tief Luft, sammelte sein Werkzeug ein und stieg den Hang hinunter.

Ein leises Lachen klang ihm entgegen. »Fürchte dich nicht, Eno. Wir brauchen deinen Schutz. Dafür werden wir dir helfen. So war es Brauch in alter Zeit, bevor die Priester euch gegen uns aufgehetzt haben und wir euch den Wald verbieten mussten.«

»Du kennst mich?«, stieß Eno hervor.

»Du kennst mich auch«, erwiderte die Gestalt. »Du kennst mich gut. Deine Urahnin hat dir von mir erzählt, als du ein Kind warst: Ich bin Fedra, die Letzte jenes Volks, das einst Wald und Tal mit euch hütete.«

»Eine Elfe!« Die Erinnerung an die Geschichten der *Nonna* brachte einen Schimmer in Enos Augen. »Wie gerne würde ich euch helfen. Aber gegen die Holzfäller bin ich machtlos.«

»Wenn Prinz Drano morgen zum Fest kommt, sag ihm, dass ihr Winzer den Wald für seinen Wein braucht.«

»Hah?«

Fedra schaute ihn verschmitzt an. »Die ,Korken', mit denen deine Vorfahren Flaschen und Krüge sicher verschlossen, wachsen in unserem Wald. Wenn eine Korkeiche fünfundzwanzig Winter zählte, schälten einst die Winzer zum ersten Mal die Borke ab. – Immer zehn Jahre brauchte es danach, bis die Rinde so weit nachgewachsen war, dass sie erneut abgeschält werden konnte. Und dann beim dritten Mal wurden daraus die Stopfen für den Wein hergestellt. – Darum könnt ihr auf keinen einzigen Baum verzichten.«

»Das glaubt doch niemand«, protestierte Eno.

»Hol dir ein Stück Rinde von einem der gefällten Bäume und schau es dir an!«

Eno schüttelte den Kopf.

,Aber wenn es nun doch wahr wäre?', grübelte er.

***

Noch bevor der Morgen graute, machte sich Eno auf den Weg an den Waldrand. Nie zuvor war er den Bäumen so nahe gekommen. Mit bebenden Händen schälte er von einem der gefällten Riesen ein großes Stück Rinde herunter. Die Innenseite fühlte sich an wie Korken; die aufgehende Sonne zeigte ihm, dass sie auch so aussah.

Fedra tauchte aus der Düsternis des Waldes auf. »Gut!« Sie nickte. »Ich lehre dich, wie du daraus Korken machst ...«

Tara hatte sich diesmal nicht blicken lassen. Aber sie folgte Eno ins Dorf und wartete in seinem Holzlager auf das, was der Tag bringen würde.

Im Laufe des Morgens hatten die Winzer die letzten Vorbereitungen für das Weinfest abgeschlossen, die Kinder einen Teil des Festschmucks geflickt und die Männer ihn wieder aufgehängt. Zwei Musikanten erprobten ihre Instrumente. Nach und nach versammelten sich die Familien auf Enos Hof, um Prinz Drano zu empfangen.

In der Zwischenzeit hatte Eno recht ansehnliche Korken geschnitzt. »Schaut her, Freunde«, begrüßte er die Ankommenden. »Im nächsten Jahr werden wir wie unsere Vorfahren den Wein mit Korken verschließen, wenn ...« Er machte eine Pause und wartete, bis alle schwiegen. »... ja, wenn der alte Wald dort oben nicht gerodet wird.« Und er erzählte ihnen, wie er zu den neuen Korken gekommen war.

»Kalo hat verkündet, der Wald wird zu unserem Schutz gefällt«, rief ein alter Bauer. »Aber seit die Holzfäller hier sind, geschieht ein Unheil nach dem anderen.«

»Mir ist ein Dutzend Trolle lieber als diese da«, knurrte ein junger Mann. »Zor wird uns alle ins Verderben stürzen.«

Sie sahen Eno ratsuchend an. Er wiederholte Fedras Worte: »Wenn Prinz Drano heute Abend kommt, sagen wir ihm, dass wir den Wald für seinen Wein brauchen.«

»Der einzige Geist, an den Drano glaubt, ist der Weingeist«, lachten die Bauern.

»Und er fürchtet die Priester nicht!«, erinnerte sich Eno. »Die Holzfäller werden Drano gehorchen müssen und verschwinden.«

Tara hatte genug gehört. Hoffnungsvoll huschte sie davon.

Weltweite Weihnachten

»Nein, und nochmals nein!« Erbost hieb die Hexe Befana ihren Besen auf den Konferenztisch. »Ich bin jetzt fast dreitausend Jahre im Geschäft. Aber soviel Scheinheiligkeit ist mir noch nicht untergekommen.«

»Aber Befana, es war doch nur ein Vorschlag, künftig ins Ausland zu gehen«, versuchte das Christkind sie zu beschwichtigen. »Es muss doch auch in deinem Interesse sein, neue Absatzmöglichkeiten zu erschließen.«

»Hah! Jetzt, nachdem ihr mir den einheimischen Markt kaputt gemacht habt, kommt ihr damit! Unzählige Generationen von italienischen Kindern waren glücklich und zufrieden mit den Geschenken, die ich ihnen am 6. Januar brachte.«

»Wenn sie jetzt nicht mehr damit zufrieden sind, solltest du schleunigst überlegen, mit welchen Innovationen du die Nachfrage förderst,« warf Nikolaus ein.

»Das brauche ich nicht zu überlegen«, giftete Befana ihn an. »Meine Geschenke sind so gut wie eh und je. Solide Trentiner Handwerksarbeit. Aber ihr, ihr habt die Kinder unersättlich gemacht; erst das Christkind mit immer bombastischeren Weihnachtsgeschenken! In den letzten Jahrhunderten heizt du zusätzlich den Konsumrausch an, weil du schon einen Monat vor mir mit der Schenkerei anfängst. Und seit einigen Jahrzehnten drängt sich auch noch Lucia dazwischen, statt in ihrem Schweden zu bleiben, wo sie hingehört.«

»Ach Befana, wie gerne würde ich mich auf den schwedischen Markt beschränken. Bei dir gibt es ja nicht einmal überall Schnee.«

»Und hell ist es in Italien auch im Winter«, trumpfte Befana auf. »In Wirklichkeit braucht kein Mensch hier deine Lichter. – Konsumterror – nichts als Konsumterror.«

Lucia brach in Tränen aus. »Was soll ich denn machen? In Schweden gibt es jetzt überall elektrische Beleuchtung, in den Häusern und auf den Straßen. Mein Lichterfest ist nur noch Folklore für die Touristen. Ich bin immer weniger gefragt.«

»Di-ver-si-fi-ka-tion,« machte sich Knecht Ruprecht wichtig. »Das wäre die richtige Strategie gewesen. Aber inzwischen hast du dafür den Anschluss verpasst.«

»Ja, du Oberstratege!« Jetzt wurde auch Lucia zornig. »Du und Nikolaus, ihr habt euch Rentiere und einen Schlitten gemietet und unter dem Deckmantel der Völkerverständigung eure Weihnachtsmann-Legende überall auf der Welt verbreitet.«

»Immer mit der Ruhe, Leute.« Das Christkind seufzte vernehmlich. »Mit dieser Streiterei kommen wir nicht weiter. Lasst uns zu den Fakten zurückkehren.«

»Jawoll,« rief Nikolaus. »Und Fakt ist, dass im Zuge der allgemeinen Globalisierung auch eine kulturenübergreifende Nachfrage nach Weihnachten entstanden ist. Mit den althergebrachten Formen der Arbeitsorganisation können wir diese Nachfrage nicht mehr bewältigen.«

»Und wir begrüßen es außerordentlich«, ergänzte das Chrístkind, »wenn die Kinder aller Religionen an das Christkind glauben. Daher müssen wir strategisch geschickt vorgehen, um diesen Glauben nicht zu enttäuschen.«

»Na, du hast doch eine ganze Armee Weihnachtsengel«, maulte Befana. »Sollen sie eben künftig Geschenke schleppen und nicht bloß ‚Halleluja‘ singen.«

»Wenn ihr eure Arbeit nicht mehr bewältigen könnt, dann überlasst uns künftig wieder unsere heimischen Märkte«, schlug Lucia vor. »Ich lege beim Chef ein gutes Wort für euch ein, damit ihr zusätzlich zu den Rentieren noch ein paar Elche kriegt für den Transport.«

»Elche? Was will ich mit Elchen«, protestierte Ruprecht. »Rentiere sind unser Markenzeichen.«

»Phh.« Befana lachte geringschätzig. »Da redest du von *Diversikation* und willst nicht einmal deinen eigenen Fuhrpark *diservizieren*. - Jesus, was für ein Wort! – Wahrscheinlich weißt du gar nicht, was das ist!«

»*Di-ver-si-fi-ka-ti-on* heißt das - Mannigfaltigkeit,« sagte Ruprecht.

»Scheinheilig seid ihr, ja!«, unterbrach ihn Lucia. »Befana hat ganz recht. Erst macht ihr euch überall breit, könnt den Hals nicht voll kriegen. Und jetzt, wo ihr die vielen Aufträge nicht mehr termingerecht bewältigen könnt, wollt ihr uns vor euren Karren spannen.« Lucias Lichterkranz begann bedenklich zu schwanken, als sie zornig aufsprang.

Auch Nikolaus fuhr hoch; er donnerte seine Rute auf den Tisch. »Was soll das plötzlich, Lucia? Du hast doch seit ewigen Zeiten von unserer Globalisierungsstrategie profitiert. Dein Kerzengeschäft verzeichnet jeden Winter zweistellige Wachstumsraten.«

»Aber ich habe mich immer auf mein Kerzenge-schäft beschränkt. Ich habe niemandem die Arbeit weg-genommen.«

»Gar nicht wahr«, fauchte Befana sie an. »Letztes Jahr hast du zusammen mit der Freiwilligen Feuerwehr Bonbons und Kekse verteilt. Und geschlampt hast du dabei auch noch: alles Industrieprodukte. Manche Kin-der durften wegen ihrer Lebensmittelallergien nichts, nichts davon essen!«

Lucia seufzte. »Ich weiß ja inzwischen, dass ich da Mist gebaut habe. Ich hätte nicht auf Nikolaus hören sollen.«

»Ich hatte es gut gemeint«, verteidigte sich die-ser. »Kann ich wissen, dass du bloß von Kerzen was ver-stehst und sonst keine Ahnung hast?«

Das Christkind raufte sich die Locken. »So geht das nicht weiter«, wiederholte es. »Es ist schon Ende November – wir brauchen schleunigst eine Lösung. Lu-cia, Befana, bitte! Helft uns!«

»Mehr als bisher kann ich nicht machen,« bedau-erte Lucia. »Nach dem Reinfall von letztem Jahr habe ich eingesehen, dass ich mich besser aufs Kerngeschäft konzentriere. Ich bleib' bei meinen Lichtern und damit basta!«

»Lichter!«, rief Knecht Ruprecht. »Das ist die Lö-sung. Wir verlängern unseren Aktionszeitraum bis zu Mariä Lichtmess und integrieren unsere eigenen schen-kerischen Initiativen in ein zweites Lichterfest Lucias.«

»Ähm, tja ...« Lucia machte ein skeptisches Ge-sicht.

»Und in zehn Jahren spannt ihr dann auch noch die Osterhasen ein,« höhnte die Hexe. »Ohne mich! – Lu-cia, lass dich nicht einwickeln!«

Befana schnappte sich ihren Besen und ließ die anderen Konferenzteilnehmer sprachlos zurück.

***

Wenn Ihnen diese Geschichten gefallen haben, empfehlen Sie sie bitte weiter: Damithelfen Sie anderen, lesenswerte Bücher zu finden.

Über die Autorin

Annemarie Nikolaus, gebürtige Hessin, hat zwanzig Jahre in Norditalien gelebt. 2010 ist sie mit ihrer Tochter in die Auvergne in Frankreich gezogen.

Anfang 2001 hat sie mit dem literarischen Schreiben begonnen. Seit 2011 veröffentlicht sie vorwiegend verlagsunabhängig. Qindie-Autorin.

Sie hat Psychologie, Publizistik, Politik und Geschichte studiert und war u.a. als Psychotherapeutin, Politikberaterin, Journalistin, Lektorin und Übersetzerin tätig.

Über **PATREON** können Sie meine Arbeit begleiten und unterstützen :
https://www.patreon.com/AnnemarieNikolaus

Wenn Sie ihren Newsletter abonnieren, erhalten Sie Informationen über Neuerscheinungen.
http://eepurl.com/Ub86b

Die Biografie im Wikipedia: http://bit.ly/r0mwoC
Blog: http://annes-werke.blogspot.fr/
Facebook: http://on.fb.me/JLAN6J
Twitter: http://twitter.com/AnneNikolaus

Veröffentlichungen

Neuerscheinungen 2022

Bitterer Wein. Kriminalroman. ISBN der Taschenbuchausgabe 9782493398017

Marguerite kehrt zuück. Reihe »Villefort - ein Dorf in den Cevennen«. Kriminalroman. ISBN der Taschenbuchausgabe 9782493398055

Die Tote im Stausee. Reihe »Villefort - ein Dorf in den Cevennen«. Kriminalroman. ISBN der Taschenbuchausgabe 9782493398062

Romane und Erzählungen:

Historisches

Königliche Republik. Historischer Roman. Reihe »Welt in Flammen«. ISBN der Taschenbuch-Ausgabe 9782902412471.

Verjährt. Historische Krimi-Kurzgeschichten. ISBN der Taschenbuch-Ausgabe 9782902412549

Phantastisches

Die Piratin. Reihe »Drachenwelt«. Fantasy-Roman. ISBN der Taschenbuch-Ausgabe 9782902412495

Das Feuerpferd. Fantasy-Roman, gemeinsam mit Monique Lhoir und Sabine Abel. ISBN der Taschenbuch-Ausgabe 9782902412501.

Magische Geschichten. Kurzgeschichten nicht nur für Kinder. ISBN der Taschenbuch-Ausgabe 9782902412488

Renntag in Kruschar. Reihe »Drachenwelt«. Fantasy-Anthologie. Nur E-Book.

Leuchtende Hoffnung. Ein dystopischer Roman als Adventskalender. Bebilderter Science Fiction-Roman. ISBN der Taschenbuch-Ausgabe 9782902412563

Spannendes und Kriminelles

Haus zu verkaufen. Spannungsroman. ISBN der Taschenbuchausgabe 9782902412983

Ustica. Ein Kurz-Thriller. ISBN der Taschenbuch-Ausgabe 9782902412556. T

Tot. Fatale Geschichten. ISBN der Taschenbuch-Ausgabe 9782902412587.

Verjährt. (s.o.)

Romantisches

Die Enkelin. Liebesroman aus der Reihe »Quick, quick, slow – Tanzclub Lietzensee« der Edition Schreibwerk. ISBN der Taschenbuch-Ausgabe 9782493398093.

Flirt mit einem Star. Liebesroman aus der Reihe »Quick, quick, slow – Tanzclub Lietzensee« der Edition Schreibwerk. ISBN der Taschenbuch-Ausgabe 9782493398109

Zurück aufs Parkett. Eheroman aus der Reihe »Quick, quick, slow – Tanzclub Lietzensee« der Edition

Schreibwerk. ISBN der Taschenbuch-Ausgabe
9782493398116

Sachbücher

Sehenswertes unterwegs

Aquitanien: Das Ende eines Krieges. Reihe »Am Rande
des Weges ...« ISBN der Taschenbuch-Ausgabe
9782902412570

Die Reihe über Literatur-Themen und Bücher

Suche Reisebegleitung. Fliegende Blätter. ISBN der
Taschenbuch-Ausgabe 9781499608427.

Junge Welten. Fliegende Blätter. ISBN der
Taschenbuch-Ausgabe 9781500971991

9 782493 398178